*A Emmanuelle*
*y a todas las institutrices de Olivet*
N. C.

*Para Madame Sauvet...*
*cuyo nombre de pila nunca he sabido*
R. B.

Traducido por Elena Gallo Krahe

Título original: *Tout ce qu'une maîtresse ne dira jamais*


Edelvives Talleres Gráficos. Certificado ISO 9001
Impreso en Zaragoza, España

ISBN: 978-84-140-1028-0
Depósito legal: Z 382-2017

NOÉ CARLAIN - RONAN BADEL

# Todo lo que una maestra nunca dirá

EDELVIVES

Todo lo que
una maestra
nunca dirá

**Podéis mascar chicle**

y, cuando terminéis, acordaos de pegarlo debajo de la mesa.

A ver, los dos charlatanes del fondo, hablad más alto,

**¡apenas se os oye!**

Si no tenéis papel,

**podéis pintar directamente en la mesa.**

Hoy no damos
mates.
¡Son superdifíciles!
Lunes
Martes
Miércoles
Jueves
Viernes
Sábado
Domingo

Seguid jugando con el balón.
Todavía quedan tres cristales intactos.

# ¿Cómo que volver a clase?

Pero si el recreo acaba de empezar. ¡No lleváis ni una hora!

Si no sabéis alguna respuesta,

**copiad del compañero.**

**¿Qué pasa?** Si el pobre está cansado de tanto ejercicio,
puede echarse un sueñecito junto a la pizarra.

# ¡Cuidado!

Al primero que levante la mano
cuando haga una pregunta
lo echo de clase.

**Rápido, salid al patio.**

¡Hay un montón de charcos!

En resumen,

para la guerra de gomas solo hay una norma:

**¡al ataque!**

**Mañana, fiesta de pijamas:**

traed tabletas, juegos, peluches y bizcochos.

No quiero ver ni una mochila, ¿entendido?

**Qué merienda más rica:**

me encanta cuando todo se llena de migas.

Juntamos la cabeza con la del compañero.

**1, 2, 3, ¡quietos!**

Aguantad hasta que hayan saltado todos los piojos.

¿Y si **gritamos como locos**

para asustar a los de la clase de al lado?

Venga,

**¡concurso de faltas de ortografía!**

Mañana, jornada de mascotas.

**¡Cuantos más seamos,**

**mejor!**

Ya son las 11 h.

**Pausa para tomar una hamburguesa.**

Pero lo que una maestra
sí que no dirá
jamás de los jamases:

AB
Lunes: mates
Martes: natus
Miércoles: ...
Jueves: ...
Viernes: ...
Sábado: ...

Mañana no vengáis.
Me encanta jugar
yo sola a las maestras.

AB
Lunes: mates
Martes: natus
Miércoles: ...
Jueves: ...
Viernes: ...
Sábado: ...

3
4
5
6
7
8
cielo